ARTAXERCE,

TRAGÉDIE,

PAR M. LE MIERRE.

Repréfentée pour la premiere fois par les Comédiens François, le 20 Août 1766.

NOUVELLE ÉDITION.

Le Prix eſt de 30 ſols.

A PARIS.

Chez la Veuve DUCHESNE, Libraire, rue Saint-Jacques, au Temple du Goût.

M. DCC. LXXVIII.

AVERTISSEMENT.

CETTE Tragédie n'eſt point imitée de l'Opera de Métaſtaſe ; l'intrigue, les détails, les caractères, tout eſt dif-férent. J'ai pris ſeulement le ſujet & la cataſtrophe, encore ai-je modifié le peu que j'ai emprunté pour l'approprier à ma Fable. Je ne ferai point de ré-flexions ſur le nouvel Artaxerce : j'ai toujours tâché de fondre mes Pré-faces dans mes Pièces, d'ajoûter dans la bouche de mes Perſonnages ce qui

pouvoit satisfaire aux objections , &
de profiter ainsi des critiques au lieu
d'y repondre.

ARTAXERCE,

ARTAXERCE,

TRAGÉDIE.

A

PERSONNAGES. ACTEURS.

PERSONNAGES.	ACTEURS.
ARTAXERCE, *nouveau Roi de Perse.*	M. MONVEL.
ÉMIRENE, *sœur d'Artaxerce.*	Mlle. SAINT-VAL.
ARTABAN, *ancien Gouverneur d'Artaxerce, & Ministre.*	M. VANHOVE.
ARBACE, *fils d'Artaban.*	M. MOLÉ.
ÉLISE, *Confidente d'Emirene.*	Mad. SUIN.
MÉGABISE, *Confident d'Artaban.*	M. DAUBERVAL.
UN OFFICIER.	
SATRAPES.	
GARDES.	

La Scène est à Suze.

ARTAXERCE,
TRAGÉDIE.

ACTE PREMIER.

SCÈNE PREMIÈRE.

(La Scène commence vers la fin de la nuit, Artaban tient une épée ensanglantée.)

ARTABAN, ARBACE.

ARBACE.

LES mains teintes de sang! ô Dieux! d'où sortez-vous?

ARTABAN.

Qui! toi dans Suze encor! Éloigne-toi.

ARBACE.

Quels coups

Avez-vous donc portés?

A ij

4 ARTAXERCE,

ARTABAN.

Mon fils, pars, je l'exige.

Le Roi t'exiloit, fuis.

ARBACE.

Mais, Seigneur.....

ARTABAN.

Fuis, te dis-je.

ARBACE.

Loin de fa fille! ah! Dieux!

ARTABAN.

Précipite tes pas.

ARBACE.

Quels font donc vos deffeins ?

ARTABAN.

Ne m'interroge pas.

ARBACE.

Je ne vous quitte point dans ces momens funeftes.

ARTABAN.

Il le faut, hâte-toi ; tu me perds fi tu reftes.

ARBACE, *prenant l'épée que tient Artaban.*

Ce fer peut vous trahir.

ARTABAN.

Cache ce fer & toi.

ARBACE.

Emircne!.. ah! quel trouble emporté-je avec moi!

SCÈNE II.
ARTABAN, *seul.*

IMPÉRIEUX Xercès, enfin ma main hardie
A mon ambition vient d'immoler ta vie.
L'audace, le hazard, le sommeil & la nuit,
Tout a servi mes coups. Mais j'entens quelque bruit ;
Qui porte ici ses pas ? Est-ce toi, Mégabise ?

SCÈNE III.
ARTABAN, MÉGABISE.
MÉGABISE.

JE viens vous retrouver, Seigneur. Avec surprise
En passant vers ces lieux mes yeux ont rencontré
Votre fils plein de trouble, errant, désespéré.
Eh ! comment, exilé par Xercès, par vous même,
S'arrêtoit-il dans Suze ? En quel péril extrême
Sa présence en ces lieux....

ARTABAN.

Étonné comme toi,

J'ai hâté fon départ. Mais toi, parle, dis-moi,
Sçait-on l'événement ?....

                    M É G A B I S E.

                        On ne fçait rien encore :
Mais fitôt que le Dieu qu'en Perfe l'on adore,
Va de ces premiers feux éclairer ce Palais,
J'annonce avec terreur le deftin de Xercès.

                    A R T A B A N.

Je lui devois la mort : j'ai fatisfait ma haine.
C'étoit trop fupporter fa puiffance hautaine,
C'étoit trop dévorer mes defirs inquiets.
Ses fils reftent encor ; mais j'ai d'autres projets.
Tu fçais fi Darius eft jaloux d'Artaxerce,
Si, le voyant monter au Trône de la Perfe,
Ce jeune ambitieux devenu fon fujet,
Contre lui dès ce jour va s'armer en fecret,
L'ambition de l'un, de l'autre les ombrages,
Ami, vont me fervir à former les orages.
Je vais, en aigriffant les levains dangereux
Des haines qu'avec art j'ai fçu nourrir entr'eux,
Sur le meurtre du Roi trompant la Perfe entiere,
Tourner fur Darius les foupçons de fon frere,
Détruire l'un par l'autre, & par ces coups hardis

Accomplir mes desseins & couronner mon Fils.

MÉGABISE.

Lui, Seigneur! votre fils!...

ARTABAN.

            Un tel projet t'étonne :

Rarement pour un autre on ravit la Couronne :

Mais sous le nom d'un fils je donnerai la loi :

Le rang sera pour lui, la puissance pour moi.

J'assûre ainsi bien mieux cet Empire à ma race,

Qu'en étant Roi moi-même, en exposant Arbace,

Que fais-je, à des hazards, à des revers nouveaux

Qui pourroient après moi renverser mes travaux.

Lorsqu'une fois du trône une race est chassée,

La révolution n'est jamais bien fixée

Que sous un Prince jeune, & qui pour tous les tems

Semble ôter aux esprits l'espoir des changemens.

Ainsi, portant mon fils à la grandeur suprême,

L'assûrant à mon sang, en jouissant moi-même,

Ami, j'accorde tout, & sans illusion,

Mon cœur sert la nature & sert l'ambition.

Xercès dans son orgueil dédaignant ma famille,

Osoit punir mon fils d'aspirer à sa fille,

Sans songer que les Rois, par de pareils liens,

A iv

S'attachent dans les Grands leurs plus fermes foutiens,

Et que nous valons bien pour leur haute fortune,

L'alliance des Cours, fi fouvent importune.

Tant d'orgueil m'indigna ; mais mon cœur offenfé

Sçut renfermer le trait dont il étoit bleffé.

Perfécuteur d'Arbace autant que le Roi même,

Je preffai le premier l'exil d'un fils que j'aime.

Mais fi je fecondai la rigueur de Xercès,

Ce fut pour avancer l'effet de mes projets,

L'inftant où de fa main couronnant fa maitreffe,

Mon Fils tiendra de moi le Sceptre & la Princeffe.

MÉGABISE.

Pourquoi donc l'éloigner, ce Fils que vous fervez,

Seigneur, ce fils heureux à qui vous refervez

De fi brillans deftins...

ARTABAN.

        Je fais quel eft Arbace.

Je n'aurois jamais pu dans ma fuperbe audace,

Plier à mon projet dès long-tems concerté,

De fon âpre vertu l'inflexibilité.

Je l'écarte aujourd'hui, de crainte, Mégabife,

Qu'il n'ofât en fecret troubler mon entreprife,

Mais lorfque mes efforts auront tout achevé,

Arbace se voyant à l'Empire élevé,
Ne se reprochant rien dans sa grandeur suprême ,
Et couronnant enfin la Princesse qu'il aime ,
Au comble de ses vœux bénira son destin.
Tout concourt au succès de mon vaste dessein ,
Mon crédit dans l'État; ce que mes soins propices ,
Dans la paix , dans la guerre , ont rendu de services ;
Le soldat qui par tout n'obéit qu'à mes loix ;
Les premiers de l'Erat dont j'ai gagné les voix.
Je fais plus , Mégabise , & du sang que je verse
Je cimente à jamais le trône de la Perse.
Dès long-tems, tu le vois, l'Empire de Cyrus ,
Privé de sa splendeur ne se ressembloit plus ;
De ce peuple avili je voyois la foiblesse
Prête à baisser le front sous le joug de la Grèce ,
Et devant Salamine il sembloit qu'abattu
La Perse avec sa flotte eût laissé sa vertu.
Autre Maitre , autres jours. Un plus heureux génie
Efface nos malheurs & notre ignominie ,
Et ma premiere excuse , en ce grand attentat ,
Est d'avoir prévenu la chûte de l'État.
Mais sur ces lieux , ami , déjà le jour se montre ,
Va , cours vers Artaxerce avant qu'il nous rencontre,

Et par le voile adroit d'une feinte terreur,
Epaiſſis ſur ſes yeux la nuit de ſon erreur.
De ſa crédulité tout me répond d'avance,
Mon aſcendant ſur lui, ſon inéxpérience,
Et ce reſpect de fils que garde encor longtems
Un cœur dont on forma les premiers ſentimens.
Va, ſois ſûr qu'avec moi la fortune t'appelle ,
Qu'au-delà de tes vœux je vais payer ton zéle.

MÉGABISE.

Je vous dois déjà tout ; vous connoîtrez ma foi ,
Seigneur.

ARTABAN.

J'entens le Prince, il s'avance vers moi.
Va, ſors & ne crains point qu'Artaban ſe trahiſſe,
Ou par trop d'embarras, ou par trop d'artifice.

SCENE IV.

ARTAXERCE, ARTABAN,
un OFFICIER.

ARTAXERCE, *éperdu.*

O CRIME! ó trahifon!

ARTABAN.
Seigneur, où courez-vous?

ARTAXERCE.
Savez-vous, Artaban, favez-vous fous quels coups
Xercès?..

ARTABAN.
Eh bien, Seigneur?

ARTAXERCE.
Un monftre fanguinaire,
Un barbare.

ARTABAN.
Achevez.

ARTAXERCE.
On a tué mon pere.

De trois coups de poignard j'ai vu son sein percé.

A R T A B A N.

Eh ! qui soupçonne - t - on ? qui peut avoir versé ?..

A R T A X E R C E.

Mon pere n'étoit plus , je n'ai pu rien connoître.

Mes ordres sont donnés, je fais chercher le traître.

Je vais, j'erre , je cours , ces momens sont affreux, ..

Ah ! Xercès vous aimoit : dans mon sort malheureux

Je réclame, Artaban, vos soins, votre prudence ...

Qui soupçonner, ô Dieux ? où porter ma vengeance ?

A R T A B A N.

Aveugle ambition , mere des attentats ,

Quels noms respectes-tu ? quels freins ne romps-tu pas?

A R T A X E R C E.

Comment ? que dites-vous ? quelle clarté soudaine ?

A R T A B A N.

Mon esprit au soupçon ne s'ouvre qu'avec peine ,
Je n'ose ni parler ni me taire.

A R T A X È R C E.
Parlez ,

Vous trahissez l'Etat si vous dissimulez :

Hé , qui donc est celui que votre esprit soupçonne.

ARTABAN.

Vous l'exigez, Seigneur ?

ARTAXERCE.

Je le veux, je l'ordonne.

ARTABAN.

Hé, Seigneur, qui peut-on juſtement ſoupçonner,
Quel autre à ce grand crime a pu s'abandonner,
Que celui qui pouvoit avec quelqu'avantage
Vous diſputer du Roi le brillant héritage ?

ARTAXERCE.

Je n'oſe interpreter ce langage cruel,
Quoi ! vous ſoupçonneriez....

ARTABAN.

Darius.

ARTAXERCE.

Juſte Ciel !

Lui ! mon frere !

ARTABAN.

Le ſang n'a point de privilége,
Dénaturé, perfide, aſſaſſin, ſacrilége,
Quand l'ambition parle, on devient tout.

ARTAXERCE.

Ah ! Dieux !

Quelle affreuſe lumiere offrez - vous à mes yeux.

A R T A B A N.

J'empoisonne vos jours, mais connoissez son ame.

Oui, Seigneur, dès long-tems l'ambition l'enflâme,

J'avois sçu pénétrer ses sentimens cachés,

J'avois surpris ses yeux sur le Trône attachés,

Oui, du suprême rang Darius trop avide

Etoit au fond du cœur dès longtems parricide,

Tel fut, n'en doutez point, dans ce frere inquiet,

De sa haîne pour vous le principe secret.

A R T A X E R C E.

Quoi! je pourrois penser?.. Il auroit!.. sur un pere?

Non, je ne le crois pas: c'est outrager mon frere.

A R T A B A N.

Je l'ai vu dans ses vœux lui-même se trahir.

A R T A X E R C E.

Je l'ai vu comme vous s'indigner d'obéir,

Je sais que dans son pere il haïssoit son maitre;

Qu'il vit avec dépit qu'un jour je devois l'être.

Mais qu'il soit l'assassin & d'un pere & d'un Roi.

Non, le chemin doit être encor long, croyez-moi,

De la haîne à la rage & de l'injure au crime.

Plein d'une inimitié peut-être légitime,

Mon cœur qu'un frere injuste offensa constamment,

Ne prend point ſes ſoupçons dans ſon reſſentiment.
Qui ſoupçonne au hazard s'expoſe aux injuſtices.
Pour accuſer un frere il faut d'autres indices ,
Et je rougirois trop aux yeux de tout l'État ;
Si j'euſſe imprudemment fait cet indigne éclat.

ARTABAN.

Hé bien , Seigneur , craignez de lui faire un outrage.
Mais ce frere ennemi qu'Artaxerce ménage ,
Peut-être n'aura pas pour vous le même égard.
Vous me croirez un jour , mais peut-être trop tard.
Ah ! Seigneur , ah ! plutôt craignez ſa jalouſie ,
Craignez l'ambition dont ſon ame eſt ſaiſie.
Si d'un pareil forfait il a ſouillé ſes mains ,
Qui reſpectera-t-il pour remplir ſes deſſeins ?

ARTAXERCE.

Je ne puis , Artaban , trop prompt dans ma vengeance ,
Me livrer contre un frere à tant de défiance ;
Sur vos ſoupçons , enfin , quoiqu'il puiſſe arriver ,
Mes ſoins vont ſe borner à le faire obſerver :
Cependant dès ce jour je romps l'exil d'Arbace ,
Je ne puis plus longtems prolonger ſa diſgrace ,
Il eſt trop néceſſaire à mes vives douleurs ;
Dans le ſein d'un ami je verſerai mes pleurs.

Je l'aime ; pardonnez , Manes facrés d'un pere ,
Vous qui l'aviez banni par un ordre févère ;
Pardonnez , fi frappé du coup que je reçoi
J'ofe fi promptement révoquer votre loi.
Un fils privé de vous par une mort horrible,
Vous feroit plus foumis s'il étoit moins fenfible ;
Oui,qu'on rappelleArbace,& qu'il vienne en ces lieux.

A R T A B A N.

Ah, Prince ! ...

A R T A X E R C E.

Hâtez-vous.

A R T A B A N.

Qu'ordonne-t-il , ô Dieux !
Braverez-vous,Seigneur,dans vos malheurs extrêmes,
De Xercès irrité les volontés fuprêmes ?
Mon fils étoit profcrit & doit encor garder
Cet exil que moi-même on m'a vu demander.

A R T A X E R C E.

J'ai vu votre rigueur fur un fils déployée ;
Et même en l'admirant je l'ai défavouée,
Mais la perte d'un pere & mon trouble mortel
De ce fils malheureux demande le rappel.
A qui mieux m'adreffer qu'à l'ami qui peut-être ;
Nous aidera lui-même à découvrir un traître ?
Arbace m'eft trop cher, fes fervices, fa foi......

SCENE V.

SCENE V.

ÉMIRENE, ARTAXERCE, ARTABAN, ÉLISE.

EMIRENE.

Hélas! dans ces momens tout me remplit d'effroi ;
Mon frere ; des grands coups portés par un barbare,
De nos malheurs déjà la suite se déclare.
Je ne sais quel parti, quels secrets intérêts
Divisent les esprits & troublent le Palais.

ARTABAN.

Vous le voyez, Seigneur, & de si promptes brigues...

ARTAXERCE.

Allons les prévenir.

EMIRENE.

   Quelles sont ces intrigues,
Sur le meurtre du Roi quel indice est donné ?

ARTAXERCE.

De ce noir attentat mon frere est soupçonné.

EMIRENE.

Qu'ai-je entendu ? Mon frere ! Et sur quelle apparence

B

Formez - vous un foupçon qui l'outrage & m'offenfe ?
Qu'a-t-il fait qui l'appuie, & quel crime avéré
Au plus grand des forfairs lui fervit de dégré ?
Eft-ce vous, Artaban, qui l'accufez ?

A R T A B A N.

Madame,

Le tems dévoilera cette funefte trame :
C'eft un coup inoui, c'eft un crime que doit
Expier de fon fang l'affaffin, quel qu'il foit.

A R T A X E R C E.

Non : la nature encor prend en moi fa défenfe.
Je vais de ma douleur, je vais de ma préfence
Sur lui, de ce pas même, obferver les effets :
Mais contre mon efpoir, s'il avoit pu jamais. ...
Je frémis d'y penfer. Je dois tout à mon pere,
Il faut qu'il foit vengé : quelque jour qui m'éclaire,
Des mânes paternels je n'entends que la voix,
Et livre un parricide à la rigueur des loix.

SCENE VI.
EMIRENE, ELISE.
EMIRENE.

ELISE, qu'ai-je appris, & quel difcours finiftre !
On accufe mon frere ! un fuperbe Miniftre,
Dans fon ambition faifit avidement,
Pour divifer les miens cet horrible moment.
Sans doute il a nourri ces haînes inteftines,
Qui déjà dans leurs cœurs n'ont que trop de racines ;
Et l'Etat aujourd'hui fous mes yeux effrayés,
Va s'embrâfer du choc de leurs inimitiés.
Je hais cet Artaban, envain fa politique
Feignoit de déplorer une perte publique.
Tu ne l'as pas, Elife, obfervé comme moi.
Avec joie en fecret il voit la mort du Roi ;
J'ai même, en lui parlant, cru voir fur fon vifage
Que je déconcertois l'infolent qui m'outrage,
Qui foupçonne un des miens du meurtre de la nuit,
Et de ce crime affreux cherche à tirer le fruit.

B ij

E L I S E.

Eh! qu'efpere Artaban d'un foupçon téméraire ?

E M I R E N E.

Abufer de fes droits fur l'efprit de mon frere,
Le gouverner enfin , regner dès aujourd'hui :
Ah! mon fort fut toujours infortuné par lui.

E L I S E.

Je plains tous vos malheurs , mais, Madame , fi j'ofe,
Au milieu des devoirs que ce jour vous impofe ,
Vous rappeller encor un autre fentiment.
L'exil d'Arbace au moins finit en ce moment.
Arbace va venir.

E M I R E N E.
Lui ?

E L I S E.
Peut-être , Madame ,
Son retour calmera les troubles de votre ame.

E M I R E N E.

O Ciel! dans quels inftans revient-il en ces lieux,
Lorfqu'Emirene, hélas! doit éviter fes yeux ,
Quand le fort de mon pere a décidé du nôtre ;
Quand l'un de mes malheurs doit fe perdre dans l'autre.
Lorfqu'un Héros banni par une auftere loi,

Tout rappellé qu'il eft, refte exilé pour moi.
A mes nouveaux malheurs laiffe-moi toute entiere ?
J'euffe efpéré qu'un jour je fléchirois mon pere :
Mais peut-être étant mort dans ces momens affreux,
Sans révoquer l'arrêt qui condamnoit mes vœux,
Loin de me dégager de mon obéiffance,
Sa cendre doit pour moi confacrer fa défenfe ;
Peut-être du tombeau plus que jamais mon Roi,
Il parle avec empire & m'enchaîne à fa loi.

ELISE.

Madame, votre efprit fans doute s'exagere
Des maux......

EMIRENE.

                 Ah ! j'ai cent fois murmuré contre un pere ;
Je ne connoiffois pas, excitant fon courroux,
Tout ce qué la nature a d'empire fur nous.
Il eft des tems, Elife, où fa voix nous rappelle,
Où tous les fentimens font fufpendus par elle,
Où le cœur reconnoît, tout-à-coup éclairé,
Que de tous nos liens c'eft-là le plus facré.

SCÈNE VII.

ARTAXERCE, EMIRENE, ELISE.

ARTAXERCE.

M A sœur, à mes chagrins chaque moment ajoute,
Darius m'évitoit, & me trahit sans doute :
Mes yeux l'ont vu pensif, inquiet, incertain,
Son esprit agité rouloit un grand dessein,
A peine il déguisoit toute sa violence.
Après quelques momens d'un farouche silence,
Il a donné soudain quelques ordres secrets,
Et détourné ses pas pour sortir du Palais.
Je ne l'accuse point d'un forfait exécrable,
Même à l'en soupçonner je me croirois coupable :
Mais d'une ambition, dont je ne puis douter,
Peut-être en ces momens j'ai tout à redouter;
Et je crains bien qu'ici son audace nouvelle
Ne me force à punir dans mon frere un rebelle.

EMIRENE.

Je vois trop les horreurs qui vont fuivre ce jour,
Je ne puis plus refter dans cet affreux féjour.
Non, je ne verrai point le crime qu'il projette,
Tout m'écarte de Suze ; affurez ma retraite,
Laiffez-moi fuir l'afpect d'un Trône enfanglanté,
Et qui doit par le fang être encor cimenté,
Où d'un meurtre inoui recherchant les complices,
Vous allez vous affeoir entouré de fupplices ;
La Perfe a des déferts, l'Afie a des rochers ;
Loin du fpectacle affreux des fers & des buchers,
J'irai pleurer en paix & la mort de mon pere,
Et l'exil d'un héros, & les complôts d'un frere.

ARTAXERCE.

Vous me fuir ! vous, ma fœur, de ma Cour vous bannir ?
L'un à l'autre plus chers fongeons à nous unir,
Quittez une penfée à tous deux trop funefte.
Darius me trahit ; mais Arbace me refte.
Mon frere contre moi s'ofe armer aujourd'hui,
Arbace déformais eft mon plus ferme appui.

Que j'aime à reporter sur cette ame éprouvée
La tendreſſe qu'en moi mon frere auroit trouvée.
Dans le rang où je monte encor mal affermi :
Parmi tant de malheurs, j'ai beſoin d'un ami ;
Si Darius n'eſt plus qu'un ſujet téméraire ,
Mon ami m'eſt fidele, il deviendra mon frere.

Fin du premier Acte.

ACTE II.

SCÈNE PREMIÈRE.

ARTAXERCE, ARTABAN.

ARTAXERCE.

Quoi ! Darius n'eſt plus ?

ARTABAN.

> Il termine ſon ſort

Sans qu'on puiſſe aujourd'hui vous imputer ſa mort.

C'eſt par lui ſeul enfin que ſa tombe eſt ouverte ;

ARTAXERCE.

Hé quel coup ſi rapide a donc hâté ſa perte ?

ARTABAN.

Par votre ordre, Seigneur, on couroit l'arrêter ;

Les ſiens au même inſtant promts à ſe révolter,

A pas précipités volent à ſa défenſe,

Il réſiſte à la Garde, & par ſa réſiſtance,

Lorſqu'on ne prétendoit qu'écarter les mutins,

Il rencontre le fer qui tranche ſes deſtins.

A R T A X E R C E.

Qu'ai-je fait, Artaban, par mon ordre barbare?

A R T A B A N.

Que dites-vous, Seigneur, quel remords vous égare.

A R T A X E R C E.

La mort de Darius est un poids sur mon cœur.

A R T A B A N.

Pouviez-vous la prévoir! en êtes-vous l'auteur?

A R T A X E R C E.

Mon frere malgré moi devenu ma victime !

A R T A B A N.

Ah! vous n'avez suivi qu'un courroux légitime.

A R T A X E R C E.

Enfin c'étoit mon frere & son crime est douteux.

A R T A B A N.

Sa révolte étoit sûre & ses jours dangereux.

A R T A X E R C E.

De son sang à l'État étois-je moins comptable?

A R T A B A N.

Et lui de sa conduite ou plus ou moins coupable.

A R T A X E R C E.

La loi dut le punir. Comment justifier

Mon crime involontaire aux yeux du monde entier.

ARTABAN.

La loi, Prince ! & c’eſt lui qui, ſe montrant rebelle,
Lui-même a refuſé d’être jugé par elle !
Hé ! pourquoi mépriſant vos ordres ſouverains,
Darius a-t-il craint de ſe mettre en vos mains ?

ARTAXÉRCE.

Si j’eus de plus que lui la grandeur ſouveraine,
C’étoit à moi, ſans doute, à maîtriſer la haine ;
Plus il m’ôſoit braver, & plus dans mon courroux
Je devois me contraindre & meſurer mes coups.

ARTABAN.

Sa défenſe obſtinée autant qu’illégitime,
Elle-même eſt, Seigneur, l’indice d’un grand crime,
Ses efforts imprudens précipitent ſa mort :
Loin de vous reprocher ſon déplorable ſort,
Rendez graces aux Dieux, dont le ſecours viſible,
Vous aſſure en ce jour un regne plus paiſible,
Qui ſauvant d’un rebelle & vous & vos Etats,
Préviennent votre mort par ſon juſte trépas,
Le perdent par lui-même, & d’un coup ſi propice,
Vous épargnent l’horreur d’ordonner ſon ſupplice.

S C E N E II.

A R T A X E R C E, A R T A B A N, EMIRENE, ELISE,

EMIRENE, *arrivant avec précipitation.*

AH! Seigneur, quelle erreur vous rendoit inhumain!
Darius de Xercès n'étoit point l'assassin.
On vient de l'arrêter.

A R T A X E R C E.

Eh! quel est le perfide?

E M I R E N E.

J'ignore encor, Seigneur, le nom du parricide :
Mais le reste est connu, le barbare a jetté
Loin de lui, dans sa fuite, un fer ensanglanté ;

Et qui l'auroit pensé! cette épée encor nue,
Pour celle de Xercès vient d'être reconnue.

A R T A B A N, *à part.*

Qu'entens-je!

E M I R E N E.

Dans l'excès de son saisissement,
Sans couleur & sans voix, presque sans mouvement,

Ne fachant où cacher le plus affreux des crimes,
Il reſtoit arrêté comme entre deux abîmes,
Tant la terreur ſur lui tombant du haut des Cieux,
Manifeſtoit déjà les vengeances des Dieux.

ARTAXERCE, *aux Gardes.*

Allez , que devant moi l'on amene le traître.
Quels horribles complots , ô Ciel ! je vais connoître !...
Et mon frere a péri. Vous voyez , Artaban ,
Quel ſurcroit de douleur ! j'étois donc ſon tyran !
J'aſſure donc ma vie aux dépens de la ſienne ,
J'oublie en ce moment & ſa haine & la mienne ,
Sa révolte , ſes vœux , ſon aveugle tranſport ,
Je ne vois que ſon ſang , je ne vois que ſa mort.
Vos injuſtes ſoupçons , & ma fureur trop prompte ,
Son trépas aura fait mon tourment & ma honte ,
Exemt d'un parricide , & jugé criminel ,
Il me laiſſe un remord , un remord éternel ;
Le Ciel me punit bien de tant de défiance ,
Il montre à l'Univers ma coupable imprudence.
Mon frere eſt innocent.

ARTABAN.

    Seigneur , que dites-vous ?
Déjà dans votre eſprit pourroit-il être abſous ?

Hé, Prince! favez-vous fi d'un barbare frere,

Celui qu'on a faifi n'étoit pas l'émiffaire ?

Dans ce grand repentir, avant de vous plonger,

Commencez par le voir & par l'interroger ;

Sufpendez vos remords; vous les perdrez peut-être.

ARTAXERCE.

Jufte ciel! que d'horreurs ! & qu'il tarde à paroître !

SCENE III.

ARTAXERCE, ARTABAN, EMIRENE, ELISE, un OFFICIER, UN SOLDAT, *qui tient l'épée du Roi affaffiné.*

UN OFFICIER.

ON amene, Seigneur, l'affaffin à vos yeux.

EMIRENE.

(Tombant dans les bras d'Elife.)

Traître! .... Arbace! .... Je meurs.

On entraîne Emirene.

SCENE IV.

ARTAXERCE, ARTABAN, ARBACE.

ARBACE.

E Mirene!

ARTAXERCE.

Grands Dieux !

ARTABAN.

Mon Fils !

ARTAXERCE.

Ah ! quel objet ! quelle horreur m'environne ?
Plus que le crime encor, le coupable m'étonne.

ARTABAN.

Seigneur, son attentat a décidé mon fort.

ARBACE.

Ciel ! où m'as-tu réduit !

ARTABAN.

Vous me devez la mort !

C'eft à moi d'expier fa fureur & fon crime ;
Frappez, & que je fois la premiere victime.

A R T A X E R C E.

Meurtrier de ton Roi, viens, approche, inhumain,
Arbace, réponds-moi, se peut-il que ta main ?....
Parle. Je crois encor qu'un vain songe m'abufe.

A R B A C E.

Mon Pere!...outragez-moi, Prince, ici tout m'accufe.
Dans cet étrange état, dans ce péril preffant,
Je n'ai qu'un mot à dire, Arbace eft innocent.

A R T A X E R C E.

Toi ! malheureux ! Hé quoi ! contre un ordre fupréme,
N'étois-tu pas dans Suze & dans ce Palais même ?
Dis-moi, quoiqu'exilé, ne t'y cachois-tu pas
Tu viens d'être furpris précipitant tes pas ?

A R B A C E.

Oui , Seigneur, il eft vrai.

A R T A X E R C E.

         Tu tenois cette épée,
Celle de Xércès même & dans fon fang trempée ;
Dès qu'on t'a reconnu, tu l'as jettée au loin :
Perfide, la voici ; démens-tu ce témoin ?

A R B A C E.

Arbace eft innocent.

ARTAXERCE.

ARTAXERCE.

Ta fuite.

ARBACE.

Involontaire.

ARTAXERCE.

Ce trouble.

ARBACE.

Trop fondé.

ARTAXERCE.

Ce secret.

ARBACE.

Nécessaire.

ARTAXERCE.

L'apparence t'accuse.

ARBACE.

Ah ! trop injustement.

ARTAXERCE.

C'est donc-là ta défense ?

ARBACE.

Et c'est-là mon tourment.

ARTAXERCE.

Si tu n'es criminel, tu connois le coupable.

C

A R B A C E.

Je n'en puis dire plus dans mon fort déplorable.

A R T A X E R C E.

Tu ne le peux, sans doute, & ton crime eft prouvé.
Mon pere t'exiloit, tu te voyois privé
De l'hymen de ma fœur, de cet honneur infigne,
Dont tu viens de montrer combien tu fus indigne.
Hélas ! où m'emportoit mon aveugle amitié,
De quel prix douloureux mon cœur eft-il payé ?
Dès le premier moment d'un affreux parricide,
A rompre ton exil ton Prince fe décide ;
Tandis que l'on cherchoit le meurtrier caché,
Arbace au même inftant par mon ordre eft cherché.
J'ai befoin de te voir, & d'horreurs obfédée,
Mon ame embraffe au moins cette flatteufe idée ;
Et quand je te rappelle en mes plus grands malheurs,
Quand pour me foutenir, pour effuyer mes pleurs,
J'ai recours à la main qui m'étoit la plus chere,
Barbare, cette main vient d'immoler mon pere.

A R B A C E.

Qui ? moi ! moi ! dans fon fang j'aurois trempé ma main
Je me ferois furpris dans un fi noir deffein !

Ma vertu jufques-là fe feroit démentie !

Moi, Seigneur, qui pour vous aurois donné ma vie.

Moi que pour prix d'un zèle à vos jours confacré,

Du nom de votre ami vous aviez honoré ;

Voilà dans les horreurs de mon deftin funefte,

(Se tournant vers fon pere.)

Et le cœur qui m'accufe & l'appui qui me refte.

ARTABAN.

Eh ! le Prince peut-il ne te pas foupçonner

Lorfque tout à fes yeux fert à te condamner ?

Crois-tu par tes difcours balancer l'apparence ?

ARBACE.

Et vous auffi, grands Dieux ! ah ! toute ma conftance

Céde à ce dernier trait.

ARTABAN, à Artaxerce.

Prononcez notre arrêt,

Seigneur. S'il eft coupable autant qu'il le paroît,

Ne confidérez plus mon fang dans un perfide :

La nature outragée eft ici votre guide,

C'eft elle feulement qu'il vous faut confulter.

Vous l'allez fatisfaire & je vais la dompter.

ARTAXERCE, aux Gardes.

Qu'on l'éloigne.

C ij

ARTABAN.

Malgré le crime de ma race,
Oſerai-je, Seigneur, eſpérer une grace ?
Souffrez que de ſon cœur je ſonde les replis :
Dans le funeſte état où les deſtins m'ont mis,
C'eſt mon devoir. Souffrez.....

ARTAXERCE.

Ah ! le cruel déchire
Ce cœur infortuné qu'il avoit ſu ſéduire,
Qui, partageant les maux que votre ame reſſent,
Déſire autant que vous qu'il paroiſſe innocent ;
Mais que vous dira-t-il après ſa réſiſtance ?
Vous voyez devant moi qu'il s'obſtine au ſilence,
Ce myſtere coupable augmentant mes ſoupçons,
Sert ſans doute de voile à d'autres trahiſons.

ARTABAN.

Dans la confuſion où ſon crime le jette,
La contrainte l'arrête & la bouche eſt muette,
Devant moins de regards peut-être en liberté,
Il laiſſera, Seigneur, parler la vérité.

ARTAXERCE.

Ecoutez, Artaban. L'équité qui m'anime,
Ne peut confondre ici votre zéle & ſon crime ;

Je ne puis oublier dans mes malheurs préſens ;
Que j'ai vu par vos ſoins guider mes premiers ans.
Vous étiez digne , hélas ! Pere trop déplorable !
D'un maître plus heureux & d'un fils moins coupable ;
Vous voyez les combats dont je ſuis agité ,
Et de ſon attentat quelle eſt l'énormité :
Servez-vous du pouvoir , de l'aſcendant d'un Pere
Pour éclaircir enfin cet horrible myſtere,
Entendez ſa défenſe , arrachez ſon aveu ;
(aux Gardes.)
Je vous laiſſe avec lui. . . . . . Vous , veillez en ce lieu.

SCENE V.

ARTABAN, ARBACE.

ARBACE, *avec impétuoſité.*

AH ! je reſpire enfin ; dans ma fureur extrême ,
Je puis , barbare. . . . .

ARTABAN.

Ecoute.

ARBACE.

Ecoutez-moi vous-même ;
C iij

J'ai droit de l'exiger : affez je me fuis tu,

Affez j'ai pu laiffer outrager ma vertu.

J'ai gardé le filence en ce comble d'injure,

J'ai payé plus qu'un fils ne doit à la nature ;

Arbace maintenant vous doit la vérité.

Qu'avez vous fait, cruel ! quel abus détefté

De l'immenfe pouvoir que votre rang vous donne !

Le fecond de l'Etat, vous n'approchez du Trône

Qüe pour atteindre au cœur que vous avez percé,

Au cœur de votre maitre à vos pieds renverfé !

C'eft peu : quand votre fils que la nature anime,

Vous arrache le fer, cet indice du crime ;

Quand je frémis pour vous, quand je prends malgré moi

Barbare, cette part au meurtre de mon Roi,

Accufé devant vous de ce grand parricide,

Vous pouvez abufer de mon refpect timide

Pour me calomnier, pour noircir votre fils

Du foupçon d'un forfait que vous avez commis !

Je ferai cru l'auteur d'un crime abominable ;

Ou fi tout eft connu, je fuis fils d'un coupable,

Dans la publique horreur avec vous confondu,
Et de tous les côtés mon honneur est perdu

ARTABAN.

Ingrat ! eh ! c'est pour toi que j'ai commis ce crime.

ARBACE.

Pour moi !

ARTABAN.

Pour t'agrandir je crus tout légitime.
Te jettant dans les fers le destin m'a trompé :
Mais de maux sans ressource il ne t'a point frappé.
Quelques indignités que ton honneur essuye,
Quelque soit ce soupçon, il faut que je l'appuye.

ARBACE.

Quelle trame odieuse !....

ARTABAN.

Au déclin de mes ans
La couronne à ce prix souilloit mes cheveux blancs,
C'est sur ton jeune front qu'aujourd'hui je l'attache ;
Si je l'y vois briller, elle sera sans tache.
Voilà de quel espoir mon orgueil s'est flatté,
Et l'excuse & le prix du coup que j'ai porté.
Eh ! qui rend à tes yeux cette trame si noire ?
Je n'ai frappé qu'un Roi déjà mort à la gloire,

Fantôme couronné dont le monde étoit las ;
Et qui même envers toi le plus grand des ingrats,
Suivant pour toute loi ses superbes caprices,
Des rigueurs de l'exil a payé tes services ;
Désespéroit sa fille en pressant ton départ,
Dans ton cœur, dans le sien enfonçoit le poignard.
Moi-même, en apparence ennemi de ta flâme,
J'affligeai ta maîtresse, & j'accablai ton âme.
Tout change désormais, & tes vœux sont remplis ;
Je te venge du pere, & je trompe le fils ;
Je sers & ton amour & sans doute ta haine ;
Je te fais Souverain, je couronne Emirene ;
Je prends de mon projet tout le crime sur moi,
Ose me reprocher ce que je fais pour toi.

ARBACE.

Oui, je l'ôse ; & ce coup manquoit à ma disgrace.
Vous êtes criminel, & c'étoit pour Arbace !
Ah ! sachez de quel œil je vois votre attentat ;
Ma gloire est d'en gémir, ma vertu d'être ingrat ;
Mais après tant d'excès si la vôtre est éteinte,
Pour être sans remords, êtes-vous donc sans crainte ?
Ou comment votre cœur libre, loin du repos,
Peut-il courir encor à des forfaits nouveaux ?

Arrêtez-vous , tremblez d’avancer dans le crime ;
Peut-être un pas de plus , vous tombez dans l’abime.
Cruel ! fous le bucher dreffé pour mon trépas ,
Sous ma cendre du moins cachez vos attentats.

ARTABAN.

Il n’eft plus tems, crois-moi ; ce que j’ai fait m’engage :
Ne crains rien : je puis tout ; jouis de mon ouvrage.
C’eft tout ce que je veux, mon efpoir eft comblé.

ARBACE.

Jufqu’où l’ambition vous a-t-elle aveuglé ?
Où donc fur votre fils eft l’efpoir qui vous refte ?
Hé ! quand j’accepterois un fceptre fi funefte ,
Les Perfes indignés recevront-ils la loi
D’un mortel qu’ils croiront teint du fang de leur Roi?

ARTABAN.

Qui t’ôtera juger une fois fur le Trône ?
... mis en paix régna dans Babylone :
... dépend du fuccès, rien ne doit t’arrêter ;
... de s’ouvrir le Trône eft le droit d’y monter :
... mis un vain fcrupule , & dans cette occurrence ,
Embraffe mon génie avec mon efpérance :

Tu trembles de régner, tremble, si tu n'es Roi,
Ce n'est qu'avec ce rang qu'Emirene est à toi.

ARBACE.

Emirene être à moi !

ARTABAN.

Compte sur ma promesse,
Et je te justifie aux yeux de ta maîtresse ;
J'en connois les moyens, consens jusqu'à demain
A paroître chargé du crime de ma main.

ARBACE.

De quoi m'ôse flatter votre amitié cruelle ?
Emirene ! ah ! Xercés m'avoit séparé d'elle.
Vous, plus tyran que lui, vous, mon accusateur,
Vous m'avez tout ôté, son estime & son cœur :
Oui, j'adore, Seigneur, j'idolâtre Emirene ;
Mais pour la posséder, pour la couronner Reine,
S'il faut à vos complots me prêter un moment,
Sur le secours d'un fils vous comptez vainement,
N'attendez pas qu'Arbate à ce point s'aviliffe ;
Je suis votre victime, & non votre complice ;
Je pleure sur vos soins, j'abjure vos bienfaits ;
Je déteste le trône acquis par des forfaits ;
Je préfere la mort & honteuse & cruelle,
Je me sauve en ses bras de l'amour paternelle,

L'honneur étoit un bien dont j'euffe été jaloux,
Mais qu'on pouvoit m'ôter, qui ne tient point à nous ;
Ma vertu n'eft qu'à moi ; fi dans ce jour funefte
J'en perds la renommée, elle-même me refte.

A R T A B A N.

Hé bien ! puifque ton cœur fe refufe à mes vœux,
J'accomplirai pour moi ce deffein dangereux.
Si mon ambition étoit illégitime,
L'efprit qui m'animoit annobliffoit mon crime.
Ce n'eft point mon projet ; c'eft ton refus, cruel,
Oui, c'eft ton feul refus qui me rend criminel,
Qui de mes attentats rend mon ame confufe ;
Tu m'en ôtes le fruit, pour m'en ôter l'excufe,
Et loin de concourir à me juftifier,
Tu veux de mon forfait m'accabler tout entier.
Hé bien ! péris, ingrat, péris ; je t'abandonne ;
Monte fur le bûcher quand je t'offre le trône,
Préfere à mes bontés le fort le plus affreux ;
Je puis voir d'un œil fec..... Écoute, malheureux
Malgré toi, malgré moi, je fens que je fuis pere :
Viens, fuis mes pas.

A R B A C E.

Comment ?

A R T A B A N.

C'eſt ma ſeule priere.

Je puis tromper ta garde , & ſçais près de ces lieux
Une ſecrete iſſue inconnue à leurs yeux ;
Viens ; & ne prenant plus que ma pitié pour guide ,
Sauve-toi du ſupplice , & moi d'un parricide.

A R B A C E.

Moi , fuir ! moi , de ces lieux en coupable ſortir !
J'ai fait un déſaveu , j'irois le démentir ;
Juſques-là renoncer à ma propre défenſe ,
Par un nouvel indice appuyer l'apparence !
Moi , fuir loin de ces lieux que vous enſanglantez ,
Pour ouvrir un champ libre à d'autres cruautés ,
Souffrir que ſous mon nom courant de crime en crime,
Vous alliez prendre encor mon ami pour victime !
Non , je reſte en ces lieux , vos fureurs contre un Roi
Ne pourroient rien ôſer , qu'il ne punît ſur moi ;
Par-là je vous arrête ; ou ſi c'eſt peu , barbare ,
Je fais tout pour parer le coup qu'on lui prépare ,

Oui , fans vous accufer , me faifant fon appui,
Il n'eft rien que ma foi n'entreprenne pour lui ,
Rien que ne tente ici ma tendreffe & ma crainte.
Si le fang a fes droits , l'amitié non moins fainte,
La juftice a les fiens ; je remplirai leurs loix.

A R T A B A N.

Malheureux ! peux-tu bien réfifter à ma voix ?
Peux-tu dans ces momens combattre ma tendreffe ?

A R B A C E.

Ah ! trop tard à mon fort votre cœur s'intéreffe.
Cruel ! étoit-ce ainfi qu'il falloit me chérir ?

A R T A B A N.

Tu réfiftes en vain , en vain tu veux périr.
Suis-moi , te dis-je , ingrat , ou je vais t'y contraindre.

A R B A C E.

Arrêtez. C'eft à vous peut-être de me craindre.

A R T A B A N.

Tu m'ôfes menacer ! .... Obéis , fuis mes pas.

A R B A C E.

Soldats , approchez-vous.

(Les Gardes avancent.)

 A R T A X E R C E,

A R T A B A N.

O dépit !.... tu mourras.

A R B A C E.

Adieu, barbare !... allons, Gardes qu'on me remene.

A R T A B A N.

Ma fureur est au comble, & j'en suis maître à peine.

Fin du second Acte.

ACTE III.

SCENE PREMIERE.
ÉMIRENE, ÉLISE.

ÉMIRENE.

Ciel ! où suis-je ? au sortir d'un sommeil de douleurs,
Mes yeux se sont rouverts, mais, Dieux ! sur quels malheurs !
Que vois-je autour de moi dans ce Palais funeste ?
De mon pere égorgé le déplorable reste ,
Arbace dans les fers & cru son assassin ,
Conçois-tu ces hazards & ces coups du destin ?
Cette épée en sa main trouvée encor sanglante ?

ÉLISE.

Madame , ces horreurs me glacent d'épouvante ,
Je doute d'un forfait qu'il persiste à nier ;
Cependant il hésite à se justifier ;
Ne redoutez-vous point un effrayant indice ?..

ÉMIRENE.

Je douterois d'Arbace? Ah ! le Ciel me puniſſe,
Si du moindre ſoupçon mon eſprit combattu
Oſoit de ce héros outrager la vertu.
Que l'Univers entier le déclare coupable,
Je le crois innocent, je ſuis inébranlable ;
Je n'admets contre lui ni preuve ni témoin.
L'apparence n'eſt rien, il faut chercher plus loin.
De ce mortel enfin la vertu peu commune
Ne peut être longtems joüet de la fortune.
Viendra-t-il ?

ÉLISE.

Par le Roi l'ordre eſt déjà donné,
Devant vous en ces lieux il doit être amené ;
Mais s'il ſe tait, Madame.

ÉMIRENE.

Il faut que l'erreur ceſſe,
Il faut que malgré lui la vérité paroiſſe,
Et faſſe à ſes clartés évanouir ici
Les ombres du ſoupçon dont Arbace eſt noirci.
Xercès du ſein des morts me demande vengeance,
Arbace dans les fers exige ma défenſe.
Du moins dans mes malheurs j'ai la douceur de voir

Que

Que ce double intérét eſt le même devoir,
M'impoſe un même ſoin, & que je ne puis même
Venger ce que je perds ſans ſauver ce que j'aime.

SCENE II.

ARBACE *enchaîné*, ÉMIRENE.

ARBACE.

Madame! au déſeſpoir je ſuis abandonné :
Raſſurez-moi d'un mot: m'avez-vous ſoupçonné ?

ÉMIRENE.

Je demande à te voir, je ſoutiens ta préſence ;
C'eſt te montrer un cœur ſûr de ton innocence.

ARBACE.

Je ſuis moins malheureux ; vous calmez mon effroi.

ÉMIRENE.

Oui, l'apparence en vain dépoſe contre toi ;
Je ſais qu'il eſt des cœurs trop étrangers au crime,
Pour perdre un ſeul moment leur droits à notre eſtime

ARBACE.

Ah ! j'atteſte les Dieux....

D

ÉMIRENE.

Laisse là le serment ,
Dans ce moment affreux réponds-moi seulement.
On ose t'accuser du meurtre de mon pere.
Pourquoi dans tes discours ce trouble , ce mystere ?
Vertueux, innocent à tes yeux comme aux miens,
Tu parois devant moi sous d'infames liens:
Au rang des scélérats veux-tu que l'on te compte ?
Que prétends-tu ? quel terme as-tu mis à ta honte ?
Répons.

ARBACE.

Tel est mon sort, telle est l'étrange loi,
Que le Ciel me prescrit & n'imposa qu'à moi,
De ne pouvoir, hélas ! prouver mon innocence;
D'être exempt de remords & privé de défense ;
De chérir mon honneur , & de l'abandonner ;
De mourir du silence , & de m'y condamner.

ÉMIRENE.

Toi , mourir !

ARBACE.

Ah! Madame, à ces pleurs d'une amante
Tout horrible qu'il est mon désespoir s'augmente ,
Il m'est affreux d'avoir troublé votre repos ,

Quittez cet intérêt qui vous lie à mes maux ,

Laiffez à fes malheurs un cœur irréprochable

Forcé par fon deftin à paroître coupable ,

Qui craint tout , qui perd tout , qui de tous les côtés

Sans relâche frappé par les Dieux irrités ,

Sans confolation comme fans efpérance ,

Ne peut plus rien goûter . . . pas même l'innocence ;

Mais qui malgré le fort de fa vertu jaloux ,

Sous le fer des bourreaux mourra digne de vous.

EMIRENE.

Non , tu ne mourras point : non , ton ame inhumaine

Ne peut vouloir ma mort qui va fuivre la tienne.

Je t'aime , & ton malheur me permet cet aveu ;

Mais toi , cruel , mais toi , me chéris-tu fi peu

Que tu fois réfolu , malgré ton innocence ,

A laiffer à mes feux ta mort pour récompenfe.

Par mon pere en courroux quand tu fus écarté ,

Notre amour , nos chagrins n'ont que trop éclaté ;

Je n'ai pu renfermer mes cruelles allarmes ,

L'Univers fait mes vœux , la Perfe a vu mes larmes ;

Et lorfque mon deftin veut qu'en ce trifte jour

Au plus grand des malheurs je doive ton retour,

Ton exil m'affligeoit & ton rappel m'accable ;

Tu partis malheureux & reviens en coupable,
Au mépris de l'honneur tu cours à ton trépas,
Tu meurs chargé d'un crime, & tu ne songes pas
Qu'ici ma renommée à la tienne est unie,
Que c'est m'environner de ton ignominie.
On dira qu'Emirene a son pere à venger,
Et que c'est l'assassin qu'elle ose protéger.

ARBACE.

On dira qu'Emirene avoit fait choix d'Arbace.
On doutera du crime.

EMIRENE.

Ah! par pitié, par grace,
Me peux-tu refuser ou peux-tu m'envier
Ce bien si doux pour moi de te justifier.
Cruel, lorsque du fond d'un abime effroyable,
Tu vois que je te tends une main secourable,
Dans la ferme assurance où je suis pour jamais
Que ton cœur héroïque est exempt de forfaits,
Veux-tu que suspectant ce motif qui m'anime,
On impute à l'amour les soins de mon estime,
Ou qu'on puisse penser que mes feux imprudens
Ne déguisent qu'à moi des crimes évidens ?
Par un nouveau prodige affreux, inconcevable,

Veux-tu donc me forcer à te croire coupable?
Mais non, tu ne l'es point ; loin d'être combattu
Mon cœur plus que jamais compte fur ta vertu.
Je ne te quitte point , cruel , que je n'arrache
De ton cœur endurci le fecret qu'il me cache.
Tu détournes les yeux : tu crains de t'attendrir :
Ah ! céde à mes douleurs , ofe tout découvrir.
Vois mon horrible état , vois tes périls extrêmes :
Ingrat ! as-tu pour moi des fecrets , fi tu m'aimes?

A R B A C E.

Ceffez, ceffez , Madame, épargnez à tous deux…
Je ne puis réfifter, ni céder à vos vœux.
Ne me préfentez plus , trop fenfible à ma peine,
Une félicité trop amere & trop vaine;
Et ne furchargez point des regrets de l'amour,
Un cœur par tant de maux déchiré tour-à-tour.

E M I R E N E.

C'en eft affez , barbare; & ta priere altiere,
Dans mon cœur incertain porte enfin la lumiere;
Malgré toi-même enfin j'ai pénétré ton cœur.
Cet intérêt caché qui réfifte à l'honneur,
Qui réfifte à l'amour, ce fecret qui te touche,
Qui prêt à s'échapper s'arrétoit fur ta bouche,

Éclate par le foin qui le tient renfermé.

Par ton filence même un perfide eſt nommé.

Le coupable eſt ton pere.

ARBACE.

O ciel ! qu'oſez-vous dire ?

EMIRENE.

Va , ta ſurpriſe eſt feinte , & ne peut me ſéduire.

Lui ſeul de tant d'horreurs , lui ſeul eſt l'artiſan.

ARBACE.

Lui , coupable !

EMIRENE.

En ſecret je l'ai vu ton tyran ,

Le mien ; & ce n'eſt pas d'aujourd'hui qu'il m'opprime:

Il preſſa ton exil , il te prend pour victime ;

Toi, ſon fils ! ſon aveugle & barbare tranſport

Sema dans le palais la difcorde & la mort.

Sa conduite avec toi , ſa rigueur ſanguinaire ,

Non moins que ton ſilence expliquent ce myſtere.

Je cours de ce pas même …

ARBACE.

Ah ! Madame , arrêtez.

Vous ne connoiſſez pas… quelles extrémités !

E M I R E N E.

A mes soupçons encor ta frayeur même ajoute.

A R B A C E.

Je frémis des erreurs que votre esprit écoute.

E M I R E N E.

La nature t'arrête & je vois ton respect.

A R B A C E.

La haine vous égare & vous le rend suspect.

E M I R E N E.

Il a voulu ma perte en ordonnant la tienne.

A R B A C E.

Non, ce n'est qu'à regret qu'il consent à la mienne.

E M I R E N E.

Non, sa fureur le trompe & je le previendrai
Ce pere qui te hait, ce cœur dénaturé,
J'en jure ici ma haine & le pouvoir céleste.

A R B A C E.

Et par ce même Ciel, que devant vous j'atteste,
Je jure que sensible aux horreurs de mon sort,
Mon pere étoit bien loin de demander ma mort :
Il n'est votre ennemi, ni le mien ; c'est moi-même,
Oui, c'est moi qui le force à sa rigueur extrême.

Ce jour de fang, ce jour marqué par la fureur.
Ainſi que pour le crime étoit fait pour l'erreur.

EMIRENE.

Je ne te preſſe plus de rompre le ſilence;
J'admire ta vertu, j'admire ta conſtance,
Que n'ont point ſurmonté mes craintes, mes douleurs,
Ni notre honneur commun perdu dans nos malheurs.
Par ce même refus qui bleſſe ton amante,
Tu n'en es que plus cher à ce cœur qu'il tourmente,
Et tu n'en as que mieux mérité mon ſoutien.
Va, tu fais ton devoir, mais je connois le mien.
Ne te flatte donc plus que ton ame oppreſſée
Puiſſe donner le change à ma triſte penſée;
Ne crois pas que mon cœur, éclairé par l'amour,
Prenne de tels ſoupçons & les quitte en un jour.
Quelle que ſoit enfin la cauſe politique
Du piége où t'a conduit un deſtin tyrannique,
Demande à voir ton pere & ſonge à le fléchir;
De tes indignes fers qu'il ſache t'affranchir,
Qu'il détrompe mon frere & tous ceux qu'il abuſe;
En un mot, qu'il te ſauve, ou c'eſt moi qui l'accuſe.
Et ſi tu n'es pas cru vertueux ſur ma foi,
Je mets du moins le crime entre un barbare & toi.

SCENE III.

ARBACE, *seul.*

EN eſt-ce aſſez, deſtin? on ſoupçonne mon pere!
A force de cacher ſon crime je l'éclaire.
Peut-être l'avertir d'un ſoupçon ſi fatal,
De nouvelles fureurs c'eſt donner le ſignal :
Ne le point avertir, c'eſt le livrer moi-même.
Dieux! comment le ſervir, & le Prince que j'aime?
Les ſauver l'un de l'autre? Eh! quel courage humain
Sous tant d'aſſauts divers ne tombe pas enfin?
Réſiſter à l'amour, quelle affreuſe contrainte!
Ne ſçavoir où fixer mon devoir ni ma crainte;
Sentir à tout moment mes fers s'appeſantir;
Voir l'excès de ma honte, & trembler d'en ſortir!…
Quel état, ô tyrans! d'une ame toujours pure!
Laiſſez-moi reſpirer, honneur, amour, nature :
Amitié, laiſſe-moi dans ce flux & reflux,
Recueillir un moment mes vœux irréſolus.

SCENE IV.

ARTAXERCE, ARBACE, ARTABAN.

ARTAXERCE.

MA préfence en ce lieu te furprendra peut-être,
La piété d'un fils, la juftice d'un maître,
Le rang même de Roi me faifoit un devoir
D'ordonner ton trépas fans daigner te revoir,
J'ai laiffé trop long-tems ta peine fufpenduc,
Pour la derniere fois tu parois à ma vue.
Innocent ou coupable, Arbace, il faut parler,
A l'ami comme au Prince il faut tout révéler.
Ton cœur à ton ami doit un aveu fincere,
J'exige comme Prince un aveu néceffaire.
Pour te juftifier tu n'as plus qu'un moment,
Parle, ou de ton forfait fubis le châtiment,
Songe bien qu'il n'eft plus qu'une prompte défenfe
Qui puiffe te fouftraire à ma jufte vengeance.

ARBACE.

Non, vous ne favez pas qui vous interrogez,
Qui vous bleffez, Seigneur, & qui vous outragez;
Vous ne connoiffez pas quelle terreur me glace,
Ce que fouffre pour vous le malheureux Arbace,
Pour vous qui l'accufez, qui foupçonnez fa foi.
Quelqu'indice inoui qui parle contre moi,
Vous avez fait un crime en me croyant un traître,
Qu'un jour vous ne pourrez vous pardonner peut-être;
La vie eft pour Arbace un trop pefant fardeau,
Frappez, mais demandez aux Dieux que le bandeau
Dont vos yeux font couverts, à jamais y demeure;
Souhaitez qu'avec moi cette vérité meure:
Défefpéré, confus de m'avoir outragé,
Par votre repentir je ferois trop vengé.

ARTAXERCE.

Hé bien! explique-toi, montre ton innocence,
Tu vois combien mon cœur fouffre de ton filence,
Tu vois que de ton fort ton Prince gémiffant,
Ne fauroit renoncer à te croire innocent,

Ote-moi du foupçon le poids infupportable;
Pour moi, pour-toi, cruel, ne parois plus coupable;
Et fans diffimuler, fans parler à demi,
Rends-toi l'honneur, Arbace, & rends-moi mon ami.
Tu reftes interdit, tu n'ofes me répondre,
Ma facile bonté ne fert qu'à te confondre,
Et je pourrois douter encor de ta fureur,
Lorfque par ton filence....

A R B A C E.

        Ah! Prince, à votre fœur
Je n'en ai pas dit plus, & dans mon fort funefte,
Dans ce grand déshonneur, fon eftime me refte.

A R T A X E R C E.

Son eftime! ah! plutôt dis fa prévention.

A R T A B A N, *à Arbace.*

Quel efpoir fondes-tu fur cette illufion?

A R B A C E, *très-lentement.*

Craignez de l'offenfer, refpectez fes allarmes,
Trop d'indignation fe mêloit à fes larmes;
Ce n'eft qu'avec l'excès du plus ardent courroux
Qu'elle a pû voir qu'un fils foit accufé par vous.

A R T A B A N.

(à part.)　　　　　*(haut.)*

Qu'a-t-il dit ! Ainſi donc le même eſprit t'anime ;
Tu veux....

A R T A X E R C E.

Eh ! connois-tu les ſuites de ton crime ?
Sçais-tu bien dans quels maux tu viens de m'engager,
Cruel, ſçais-tu ſur qui, trop prompt à me venger,
Déja ma défiance a porté ma colere ?
Ici, plutôt que toi, j'ai ſoupçonné mon frere.
Darius a péri.

A R B A C E.

Darius !

A R T A X E R C E.

Tu pâlis !

A R B A C E.

O Dieux ! de quel effroi tous mes ſens ſont remplis,
Qui l'accuſa ?

A R T A B A N.

Moi-même.

A R B A C E.

Ah Ciel !

ARTABAN.

> Son fort t'étonne.

Je n'ai rien refpecté pour affurer le tróne......
Plus ennemi que lui, tu perfiftes, cruel!
Je ne te connois plus : ton refus criminel..... ·

ARBACE, *à Artaban.*

(*à part.*)
Barbare! ah! fi je fuis à vos yeux fi coupable,
Rougiffez donc d'un fils de tant d'horreurs capable.
Odieux déformais à la Perfe par moi,
Comment dans cet état approchez-vous du Roi?
Reftez-vous dans un rang d'où ma honte vous chaffe?
Couvert de mon opprobre, eft-ce ici votre place?

ARTABAN.

J'y refte encore, ingrat; peut-être je le doi
Pour être le premier à me venger de toi.
(*à Artaxerce.*)
Non, Seigneur, il n'a plus qu'un juge dans fon pere.

ARTAXERCE.

Et mon pere immolé par ta main meurtriere,
Ne criant que ta mort dans le fond de mon cœur,
Déja de ma vengeance accufe la lenteur.

Il est tems que ton sang satisfasse à ses mânes,
Et plus que moi, cruel, c’est toi qui te condamnes;
Qu’on l’ôte de mes yeux.

ARBACE.

Méprisez mes tourmens,
Offensez-vous ici de tous mes sentimens.
Prince, condamnez-moi, voyez-moi comme un traître,
Un sacrilége, un monstre, ... à vos yeux je dois l’être :
Mais que mon sang versé ne vous rassure pas,
Seigneur, changez la garde, & craignez mon trépas.

SCENE V.

ARTAXERCE, ARTABAN.

ARTAXERCE.

Que dit-il, & pour moi quel intérêt l’anime !

ARTABAN.

à part.

Parons ce coup. Seigneur, quelqu’aveu qu’il supprime,
Le traître par lui-même à moitié démenti,
Vient de montrer enfin qu’il connoît un parti

Puissant, nombreux, formé depuis longtems sans doute,
Puisqu'il est des dangers que pour vous on redoute,
Puisque même à vos yeux son Chef déja frappé,
En tombant sous le fer ne l'a point dissipé.
Arbace étoit dans Suze... il a vu la Princesse....
Elle est la seule ici qui pour lui s'intéresse....
Vous la voyez, Seigneur, le défendre à vos yeux.
Vous la voyez pleurer un Prince factieux.....
Pardonnez; mais pour vous Arbace paroît craindre....
Seroit-ce le remords d'un cœur lassé de feindre?....
Eût-il pris le poignard de la main de l'amour?....

ARTAXERCE.

Arrêtez, Artaban : eh! quel horrible jour
Croyez-vous donc porter dans mon ame éperdue?
Non, de ce jour affreux n'éclairez point ma vue,
Sur les miens désormais cessez de m'allarmer;
Grands Dieux! dois-je haïr tout ce qu'il faut aimer?
Je suis bien malheureux! non, laissez-moi, vous dis-je,
Je ne croirai jamais à cet affreux prodige,
Que tout ait conspiré pour me percer le flanc,

    (*Mégabise arrive ici.*)

Et que le même crime ait gagné tout mon sang.

Allez,

Allez, dans ce moment que le Conseil s'assemble,

Qu'Arbace soit jugé, que le perfide tremble ;

D'autant plus criminel, d'autant plus odieux,

Que sa fausse vertu brilloit à tous les yeux.

A surprendre mon cœur plus il mit d'artifice,

Plus je dois aujourd'hui déployer ma justice,

On m'a vu son ami, je suis fils, je suis Roi,

Et c'est sous ces trois noms la mort que je lui doi.

SCENE VI.
ARTABAN, MÉGABISE.

MÉGABISE.

O CIEL! qu'ai-je entendu! Seigneur, qu'allez-vous faire?
Ce moment dangereux permet-il qu'on differe?
On va juger Arbace, étes-vous fans effroi?
L'abandonnerez-vous à fon deftin?

ARTABAN.
Suis-moi.

Fin du troifieme Acte.

ACTE IV.

SCÈNE PREMIÈRE.

ARTAXERCE, ARTABAN.

ARTABAN.

Inflexible ennemi des crimes de ma race,
Au rang des Juges même, oui, Seigneur, j'ai pris place,
C'étoit trop peu pour moi que de l'abandonner,
A la mort le premier j'ai dû le condamner,
J'ai fait ce que jamais n'avoit fait aucun pere,
Cet effort m'a couté ; mais il fut néceffaire,
Il me falloit, fans doute, un puiffant intérêt,
Pour prononcer moi-même un fi funefte arrêt.
Je devois à l'État un fi grand facrifice,
C'en eft fait, & mon fils va marcher au fupplice.

E ij

ARTAXERCE.

Ainſi donc ſon ſilence eſt un crime de plus....
Que de freins à la fois il faut qu'il ait rompus!

ARTABAN.

C'eſt ſon crime, Seigneur, non ſa mort qui m'accable.
Comment prévoir qu'un jour il devint ſi coupable,
Et qu'un bras qui pour vous s'arma plus d'une fois,
Souilleroit juſques-là l'honneur de ſes exploits?
De l'Etat en ces lieux les Chefs prêts à paroître
Vont fléchir le genou devant leur nouveau maître;
Il ne m'appartient pas, dans mon ſort malheureux,
De joindre devant vous mon hommage à leurs vœux.
J'étouffe dans mon cœur la pitié paternelle,
J'ai ſigné de mon fils la ſentence mortelle:
C'eſt-là que de mon ſang je vous ſcelle ma foi,
Quel ſerment vous pourroit mieux répondre de moi?
Je n'ai plus qu'à quitter ces funeſtes remparts,
Où je vois mon opprobre écrit de toutes parts,
Je cours enſevelir ma douleur, ma diſgrace,
Et, plût aux Dieux, ma honte & celle de ma race.

SCENE II.
ARTAXERCE, *seul.*

JE me fens attendrir. Le cri de la pitié

Rappelle à mon efprit les jours de l'amitié.

O coup affreux ! il faut que le traître périffe

Dans l'opprobre, grands Dieux ! dans le dernier fupplice.

Ah ! fi dans les excès de fa témérité,

Il avoit à mes jours feulement attenté,

J'aurois laiffé brifer des mains de la Clémence

Le glaive dont les loix ont armé ma puiffance.

O fentiment fi doux pour mon cœur prévenu,

Charme qui m'abufiez, qu'êtes-vous devenu ?

Quand fujets tous les deux & fous des loix communes,

Un fort moins inégal rapprochoit nos fortunes,

Sur quelle foi trompeufe, hélas, trop endormi ;

J'avois cru pcur le trône acquérir un ami !

Au lieu de ce tréfor, je ne vois plus qu'un traître.

Il fembloit cepéndant n'être point fait pour l'être ;

Fatalité bifarre ! affreux deftin des Rois !

Tout fe corrompt-il donc auprès d'eux par leur choix?

Lui que j'ai vu fidele autant que magnanime ,

Un cœur change à ce point ! un moment mène au crime.

A qui donc s'attacher ? où placer l'amitié?

Et toi, vertu cherie , à qui je me fiai ,

Tu m'as trompé ; j'ai cru qu'un pas dans ta carriere

Devoit être un attrait pour la remplir entiere.

SCENE III.

ARTAXERCE, EMIRENE , ELISE.

EMIRENE.

Arbace !... qu'ai-je appris ? Arbace eft condamné!

Au fupplice , à l'opprobre Arbace abandonné!

ARTAXERCE.

Je gémis comme vous fur le deftin d'Arbace ,

Ce qu'il fut à mon cœur avec peine s'efface ;

Mais enfin, je ne puis, en voyant ce qu'il eft ,

Révoquer de fa mort ni fufpendre l'arrêt.

J'ai dû n'être son Roi que pour être son juge.

EMIRENE.

Je le crois innocent, & je suis son réfuge;
Contre vous, contre tous, je viens le secourir;
C'est un crime pour moi de le laisser périr.
Son danger m'affranchit d'une vaine réserve,
Et l'honneur, l'équité, tout veut que je le serve.

ARTAXERCE.

Et de son crime encor vous doutez aujourd'hui !

EMIRENE.

Son crime ! est-il prouvé ?

ARTAXERCE.

      Quoi ! lorsque contre lui
Vous voyez qu'à la fois tout dépose & l'accuse,
Ce séjour ignoré qu'il prolongea dans Suse,
Ce silence obstiné, ce désaveu menteur
Du crime dont il est le complice, ou l'auteur;
Lorsque le fer sanglant dans sa main parricide......

EMIRENE.

Seigneur ! le fer sanglant, son silence timide,
Sa fuite, son séjour qu'il cachoit dans ces lieux,
Rien ne peut d'un forfait le noircir à mes yeux.

Que le fort contre lui redoublant fes outrages,
Raffemble, s'il fe peut, de plus forts témoignages,
J'y verrai fes malheurs & non fes attentats,
A le croire innocent je n'héfiterai pas :
Mon ame invariable.....

ARTAXERCE.

Ecoutez, Emirene.

Un aveugle penchant trop long-tems vous entraine,
Eft-ce ainfi qu'oubliant la plus augufte loi,
Vous outragez la cendre & d'un pere & d'un Roi,
Vous ôfez.

EMIRENE.

Ah! Seigneur n'infultez pas vous même
Aux pleurs, au défefpoir d'une fœur qui vous aime.

ARTAXERCE.

Ceffez donc de douter encor de fes forfaits ;
Soyez ma fœur, foyez la fille de Xercès.

EMIRENE.

Xercès périt, Seigneur, il attend la vengeance,
C'eft là mon premier foin, c'eft ma trifte efpérance ;
Et qu'un long châtiment foit préparé pour moi,
Si, m'ôfant écarter de la plus fainte loi,

A mon coupable amant lâchement affervie,
Je lui vendois le fang qui m'a donné la vie.
Mais ce fang, où fans crainte on ôfa fe plonger,
Si l'innocent périt, refte encor à venger.
Plus l'apparence ici dépofant contre Arbace,
Des foupçons à lui feul femble arrêter la trace,
Plus dans fon défaveu ce mortel affermi,
Exige d'examen dans le cœur d'un ami.
Qui, lui, Seigneur ! qu'après tant de preuves de zéle;
Tant d'horreur ait fouillé cette ame fi fidelle !
Il eut pú, par le crime, élever aujourd'hui
Cette affreufe barrière entre Emirene & lui !
Non, Seigneur, un Héros que fon outrage irrite,
Du devoir quelquefois peut franchir la limite;
Mais de quelque fureur qu'il fe fente agité,
Il garde en fes excès fa générofité.
Arbace d'aucun crime eût-il conçu l'idée ?
Les armes à la main il m'auroit demandée;
Il eut pouffé l'audace au plus terrible éclat,
Soulevé tout ce peuple & renverfé l'Etat;
Son amour, fon dépit, fa fierté naturelle,
Son audace emportée en eût fait un rebelle,

Jamais un lâche.

A R T A X E R C E.

En vain vous lui fervez d'appui ,
Mon pere n'eut jamais d'autre ennemi que lui.
Dans votre aveuglement vous feule pouvez croire.....

E M I R E N E.

Tout, avant de penfer qu'il ait fouillé fa gloire,
Par les mêmes foupçons indignement flétri ,
Par votre ordre imprudent votre frere a péri.
Je veux croire avec vous que fa haine inquiette
Préparoit contre vous quelque trame fecrette,
Que pour troubler l'Etat peut-être il eût vécu :
Mais enfin de fon crime eft-il mort convaincu ?
Lui , fur qui la loi feule avoit un droit fuprême.
Après l'oubli des loix , redoutez les loix même. . . . .
Le crime à leur regard fouvent s'eft dérobé ,
L'innocent méconnu fous leur glaive eft tombé.
Vous condamnez Arbace ! ah ! craignez l'injuftice;
Redoutez le faux jour d'un fpécieux indice.
D'une haute vertu quand l'éclat folemnel
A confacré le nom & les mœurs d'un mortel ,

De fa feule vertu l'autorité fuprême
Suffit pour balancer l'évidence elle-même.
Du tems, Juge infaillible, attendez le flambeau
D'un frere & d'un ami tour-à-tour le bourreau,
Sans venger votre pere, irez-vous par des crimes,
Sur fa cendre trompée entaffer les victimes ;
Et verfer au hafard, précipitant vos coups,
Un fang qui vous fut cher, & qui coula pour vous ?

A R T A X E R C E.

Sur un crime d'Etat le filence eft coupable,
De tout ce que l'on cache on devient refponfable,
Des indices offerts le fecours rejetté
N'auroit que trop fouvent produit l'impunité.
Les preuves contre lui font affez authentiques :
Ne me parlez donc plus de hazards chimériques,
D'une innocence ou fauffe, ou qu'il veut nous cacher:
Il fe tait, il mourra. Qu'ai-je à me reprocher ?
J'ai moi-même aujourd'hui, combattant l'évidence,
Dans le fond de fon cœur cherché fon innocence,
J'ai permis, efpérant de le revoir abfous,
Qu'il fut interrogé par fon pere & par vous;
D'un complot ténébreux qu'il dévoile la trame,
Qu'il s'explique, qu'il parle, ou vous-même, Madame;

Trouvez d'autres moyens de le juftifier.

E M I R E N E.

Il n'en eft qu'un, Seigneur ; c'eft de vous défier....

A R T A X E R C E.

Et de qui?

E M I R E N E.

D'Artaban.

A R T A X E R C E.

Quelle erreur vous égare?

Comment? d'où favez-vous!

E M I R E N E.

Je crains tout du barbare.

SCENE IV.

ARTABAN, ARTAXERCE, ÉMIRENE, ÉLISE.

ARTABAN.

Seigneur, dans le moment je viens d'être averti
Que bientôt le Palais devoit être invefti.
De Darius, dit-on, les complices perfides,
Craignant d'être punis & de vengeance avides,
Sans doute foulevoient les efprits contre vous,
Et mon zèle aura même excité leur courroux.
Depuis que j'ai figné la fentence d'Arbace,
Ils avancent l'inftant que marqua leur audace :
Mais j'ai dans le moment fait de cet attentat
Avertir votre garde & les Chefs de l'Etat.
Vous ne craindrez plus rien d'une telle entreprife ;
Et l'art des Conjurés n'eft que dans la furprife.

ARTAXERCE.

Eh bien ! ma fœur.

ARTABAN.

Seigneur, le trône vous attend,
Il le faut affermir, & c'eſt en y montant.
Juſqu'au couronnement l'Etat paroit ſans maître,
Sous le bandeau des Rois faites - vous reconnoître,
L'interregne d'un jour peut ſervir les mutins,
Ne laiſſez pas, Seigneur, chanceler vos deſtins.
Le ſerment prononcé, l'alliance ſacrée
Du peuple avec ſon Roi ſur les autels jurée,
Tout ramène au devoir les eſprits révoltés,
Tout ſervira de frein à leurs témérités.

ARTAXERCE.

Grands Dieux! ah! ſi les Rois ſont vos vives images,
Deviez-vous ſur leur tête aſſembler tant d'orages?
Quels nouveaux attentats faut-il donc prévenir !
Ciel! être à peine au trône, & n'avoir qu'à punir!

SCÈNE V.
ÉMIRENE, ÉLISE.
EMIRENE.

A CE trait d'Artaban fubitement frappée,
La parole, il eſt vrai, vient de m'être coupée :
Jamais étonnement ne fut égal au mien,
Artaban de ſon Roi paroître le ſoutien !
Quoi ! je cherche d'Arbace à prouver l'innocence !
Ma bouche malgré lui rompt pour lui le ſilence :
J'ôſe encourir ſa haine en affligeant ſon cœur,
En montrant dans ſon pere un atroce impoſteur ;
Et quand je crois d'un traître avoir dévoilé l'ame,
Il révele à mon frere une perfide trame :
Je vois en un moment mon eſpoir confondu,
Et de notre entretien tout le fruit eſt perdu.

ELISE.

Madame, autant que vous Artaban m'a ſurpriſe,
Il détruit vos ſoupçons.

EMIRENE.

Il les confirme, Eliſe.

ELISE.

Hé quoi! ce zéle ardent qu'il vient de fignaler !

EMIRENE.

Plus il en montre ici, plus il me fait trembler.
Il ne fçait que trop l'art de féduire mon frere ;
Mais il ne peut tromper mon regard plus févere.
C'eft un monftre, courons en ce jour de complots,
Tenter tous les moyens de fauver un Héros;
Toi, qui connois Arbace, ô Ciel! prends fa défenfe,
Je croirois t'offenfer d'implorer ta clémence !
J'invoque ta juftice, elle éclate en ce jour
A fauver la vertu pour confoler l'amour.

Fin du quatrieme Acte.

ACTE V.

ACTE V.

SCÈNE PREMIÈRE.

(Le Théâtre repréfente un lieu orné pour le couronnement
d'Artaxerce.)

ARTABAN, MÉGABISE.

ARTABAN.

J'AI craint, je l'avouerai, l'entretien d'Emirene ;
Les regards de l'amour, les foupçons de la haine ;
J'ai tremblé que le frere alarmé par la fœur
De quelque vérité n'entrevit la lueur ;
Mais feignant devant lui de garantir fa tête
Des coups qu'à fon infçu moi-même ici j'apprête,
D'un imparfait rapport éblouiffant fa foi,
J'ai gardé du fecret l'autre moitié pour moi ;
Et d'un zèle apparent voilant mon ftratagême,

F

J'aurai sçu le tromper par la vérité même :
De mon propre complot ainsi l'heureux avis
Par moi-même donné suspend la mort d'un fils.
C'étoit mon seul moyen, & pressant Artaxerce
De monter à l'instant au trône de la Perse,
Je vais tout achever & mon fils aujourd'hui
Ou consent à régner, ou je regne sans lui.

M É G A B I S E.

Cependant d'Artaxerce éloignez Emirene ;
Je redoute toujours la douleur qui l'entraîne.
Si par elle aux soupçons le Prince ramené...

A R T A B A N.

Je tiens à mon génie Artaxerce enchaîné,
Et sa crédulité bien moins que mon adresse
Sur ses propres périls aveugle sa jeunesse,
D'ennemis vers ce trône il s'avance entouré,
Et le piége l'attend sur le premier dégré.
Au succès de mes vœux quel revers pourroit nuire?
De ce moment, ami, seulement je respire,
Tout ce que j'ai souffert! Dans quels maux aujourdhui,
Dans quel péril mon fils me jettoit avec lui,
Le voir prêt à périr sans pouvoir le défendre,
Tantôt presser sa mort, & tantôt la suspendre,

Détester sa vertu, devant tout à sa foi,
Dans le fond de mon cœur l'admirer malgré moi,
Moi-même être jaloux de la paix consolante
Qui tenoit lieu de tout à son ame innocente ;
Que j'ai senti de trouble, ami ; mais ne crois pas
Qu'en mon ambition je recule d'un pas ;
Plus j'y trouve d'obstacle & plus elle redouble ,
Ne prens point pour remords quelques momens de trouble ,
Et de tous mes malheurs crois que le plus affreux ,
Ce seroit de laisser mon crime infructueux :
Sors , rejoins mon parti , j'apperçois Artaxerce.

SCENE II.

ARTAXERCE, ARTABAN,
LES SATRAPES, GARDES.

ARTAXERCE.

DEMEUREZ , Artaban , vous, soutiens de la Perse ;
Écoutez ; si les Rois sont sujets à l'erreur,
Leur équité du moins doit avoir en horreur

Ce préjugé honteux que ma juftice efface,

De flétrir un mortel des crimes de fa race.

Dans ces momens de trouble & de foulevemens

Votre Roi s’eft hâté d’exiger vos fermens.

Puiffe mon regne ouvert fous de fi noirs aufpices,

Vous donner d’autres jours plus doux que ces prémices.

Je jure le premier fur la coupe des Rois,

Je jure d’être jufte & d’obéir aux loix,

De me croire engagé par ma grandeur fuprême

A rendre heureux ce peuple, à mériter qu’il m’aime;

Et que le Dieu du jour, par ma voix attefté,

A mes yeux pour jamais refufe la clarté,

Que la mort dans mon fein paffe avec ce breuvage,

Si je dois violer le ferment qui m’engage.

SCÈNE III.

Les Acteurs précédens, ÉMIRENE.

EMIRENE.

Ouvrez-moi les chemins, Seigneur, plus de complots,
Tout vous est assuré, le Trône & le repos.

ARTAXERCE.

Hé, qui m'a donc rendu cet important service?

EMIRENE.

Celui que votre erreur envoyoit au supplice.

ARTAXERCE.

Comment?

EMIRENE.

Ce même Arbace accusé devant vous,
L'objet infortuné de tout votre courroux,
Que dans ces lieux hors moi tout a pu méconnoître,
S'il eût voulu, Seigneur, il étoit Roi peut-être,
Par lui tout est calmé.

ARTABAN, *à part.*

Qu'entens-je? quel revers!

F iij

ARTAXERCE.

Ciel, Arbace! hé, qui donc aura brifé fes fers?

EMIRENE.

Moi, Seigneur, & pour vous. Aux premieres nouvelles
Que ces murs devoient être inveftis de rebelles,
Sûre du bras, du cœur, des vœux de ce Héros,
Je cours à fa prifon l'oppofer aux complots ;
J'avois gagné fa garde & ce n'eft rien encore,
C'eft lui qu'il faut gagner même lorfqu'il m'adore ;
Cher Arbace, ai-je dit, viens, fois libre & me fers.
Qui ! moi, je pourrois fuir, & mériter mes fers !
Ah! celle, ai-je ajouté, dont le fecours t'irrite,
Te propofe un triomphe & non pas une fuite.
Bientôt les revoltés vont attaquer ces lieux,
Tu peux fauver ton Roi, prens ce fer, cours vers eux.
Il cede à ces feuls mots, mais il fortoit à peine,
Qu'il s'éleve à fa vue une émeute foudaine :
Il voit les conjurés, & de quelques Soldats,
Vers la troupe rébelle il fait fuivre fes pas.
Il s'élance, il s'écrie : ah! calmez mes alarmes,
Ceffez, qui que ce foit qui vous appelle aux armes,
Qui de ce zèle affreux vous rempliffe pour moi,
Quittez-le, ofez me fuivre aux pieds de votre Roi :

Ou si vous persistez à menacer sa tête,
Dans vos cruels desseins si rien ne vous arréte ;
Inhumains, c'est ce cœur qu'il faut que vous perciez ;
C'est sur mon corps sanglant qu'il faut que vous marchiez.
Ils résistent encor à l'ardeur qui l'enflame,
La honte de céder retient encor leur ame ,
Mais enfin la vertu, par un puissant attrait,
Triomphe mieux d'eux tous que le fer n'auroit fait.
Il change les esprits , il enchaîne l'audace,
Les rebelles vaincus tombent aux pieds d'Arbace ;
Tant le cœur du soldat qui bravoit le pouvoir ,
A la voix d'un Héros revole à son devoir.

S C E N E IV.

A R T A X E R C E, A R T A B A N.
ÉMIRENE, les Grands de la Perse,
Gardes, A R B A C E.

A R B A C E.

Seigneur, tout eſt rentré ſous votre obéiſſance.
Triomphe que le Ciel dut à mon innocence,
Bonheur ineſpéré dans ce funeſte jour
Et qui me doit abſoudre aux yeux de votre Cour ;
Mais ſi ce prompt effet de la foi la plus pure,
Si mon zéle trop vain n'a rien qui vous raſſure,
Si plus ſevere enfin comme fils, comme Roi,
Tous vos ſoupçons encor ſont arrêtés ſur moi,
Arbace dont la tête étoit déjà proſcrite,
Redemande la mort qu'à vos yeux il mérite.

A R T A X E R C E.

Que parles-tu de mort, de crime & de ſoupçon ?
Pourrois-je t'accuſer encor de trahiſon ?

Acheve de montrer toute ton innocence ;
Sur le meurtre du Roi romps enfin le silence ;
Qu'à mon juste courroux l'assassin soit livré.

A R B A C E.

Mon devoir est rempli, votre trône assuré,
N'exigez rien de plus.

A R T A X E R C E.

    Quoi ! ta bouche est muette ?
Dans quel autre embarras son service me jette !
Que dois-je soupçonner ? je reste confondu.
Teint du sang de Xercès tu m'aurois défendu ?
Suis-je aveugle ou barbare, es-tu traître ou fidele ?
Mais d'où vient ton pouvoir sur ce parti rebelle,
Si par toi pour toi-même il n'eût été formé ,
A ta voix & sitôt se fût-il désarmé ?
Pour paroître innocent seroit-ce un artifice ,
Seroit-ce un repentir ? Quel assez grand service
Peut laver le forfait dont tu restes chargé,
Et si tu m'a servi, mon pere est-il vengé ?
Il en coûte à mon cœur dans ce désordre extrême,
De soupçonner ici jusqu'à ton zèle même ;
Mais ne t'en prends qu'à toi, ton silence cruel
Entretient mon esprit dans ce doute mortel.

Tant que j'ignorerai l'affassin de mon pere,

Je ne crois ni ta foi, ni ton zéle sincere,

Tu n'as rien fait pour moi, je veux, je veux enfin

De mon pere à l'inftant connoître l'affassin.

Un parricide affreux...

A R B A C E.

Hé, qui l'eût pu commettre ?

Entre vos mains, Seigneur, viendroit-il fe remettre ?

E M I R E N E.

Sûr qu'il n'eft point de grace après fon attentat,

Que la moindre clémence indigneroit l'État,

Le coupable aux forfaits dévoue alors fa vie,

Et pour mieux les cacher fouvent les multiplie.

A R T A X E R C E.

O Ciel ! que dites-vous ? J'ai honte du foupçon,

Mais fon filence affreux... je crains la trahifon.

(*A part.*)

S'il ne m'eût défendu que pour fauver fa gloire,

Si fa rage à l'Autel plus couverte, plus noire...

(*A Arbace.*)

Hé bien, prens à témoin dans ce lieu redouté,

Et de ton innocence & de la vérité,

Le Dieu dont la puiffance eft dans Suze adorée ;

Viens, jure à cet autel fur la coupe facrée.

ARBACE.

Ah ! je fuis prêt, donnez.

ARTABAN.

Mon fils !

ARTAXERCE.

Artaban !

EMIRENE.

Ciel !

ARTAXERCE.

Pourquoi l'arrêtez-vous ?

EMIRENE.

O crime !

ARBACE, *à part.*

Sort cruel !

ARTAXERCE.

Quel eft donc votre effroi ? parlez.

EMIRENE.

Tout vous éclaire ;
Le Ciel ouvre vos yeux. Redoutez tout, mon frere.
Trop longtems le perfide a furpris votre foi.
Artaban nous trahit.

ARTABAN.

Quoi ! Madame....

E M I R E N E, *à Artaban.*

Tais-toi.

Va, je reconnois trop ta fourbe abominable,
Ton crime eſt avéré : ſi tu n’es pas coupable,
Bois dans la coupe.

A R T A B A N.

Hé bien! … oui, je l’empoiſonnai.

A R B A C E.

Quel aveu!

A R T A X E R C E.

Quoi, perfide !

A R T A B A N.

Et te la deſtinai.

J’ai tout fait pour Arbace, il n’eſt point mon complice;
Mon fils du fer ſanglant craignit pour moi l’indice.
Sa main me l’arracha.

A R T A X E R C E.

Qu’on l’arrête.

A R T A B A N.

Frémis ;

J’ai ſu gagner ta garde & tout n’eſt pas ſoumis.
Amis, meurc Artaxerce. *Il tire ſon épée pour ſignal.*

A R T A X E R C E, *l’epée à la main.*

Oſez-vous bien, perfides ?

ARBACE, *se jettant au devant du Roi.*

C'est à travers mon sein....

ARTAXERCE.

Quoi! vos mains parricides.....

EMIRENE.

Ah! Dieux!

ARTABAN.

N'écoutez rien.

ARBACE.

[illegible]

Vous m'aimez, ce [illegible] mon sein.

ARTAXERCE, ARTABAN, EMIRENE *ensemble.*

Arrête.

ARBACE.

Jettez donc ces armes criminelles ;

Donnez du repentir cet exemple aux rebelles ,

Ou cette coupe...

(*Il la porte à ses levres.*)

ARTABAN.

Ingrat ! tu fais mon désespoir.

Va, rampe aux pieds du trône où tu pouvois t'asseoir.

Efclave malheureux d'une vertu timide,
Me forçant à mourir, tu deviens parricide.

(Il fe tue.)

ARBACE.

Ah! mon pere, à quel prix me rendez-vous l'honneur!

ARTAXERCE.

Demeure, Arbace.

EMIRENE.

He bien ! me trompois-je, Seigneur?
Souffrez que devant vous votre fœur s'applaudiffe
D'avoir été la feule à lui rendre juftice.
Je le voyois chargé d'un indigne forfait,
Je voyois de mon choix déshonorer l'objet,
Je me voyois en lui déshonorer moi-même,
Je tremblois pour les jours de ce Héros qui m'aime,
Je foupçonnois, non lui, mais l'équité des Cieux ;
Il eft juftifié, je reconnois les Dieux.

ARBACE.

Souffrez que loin de vous......

ARTAXERCE.

Ah ! malgré mon offenfe,
Ne te dérobe pas à ma reçonnoiffance,

Je me sens plus que toi confus , infortuné :
Quelle erreur m'aveugloit ! je t'avois condamné.
Après tous mes soupçons , après tant d'injustices ,
Trouve-moi digne encor de payer tes services.
Viens partager ce rang d'où je tombois sans toi ,
Et retrouve à jamais ton ami dans ton Roi.

Fin du cinquieme & dernier Acte.

www.ingramcontent.com/pod-product-compliance
Ingram Content Group UK Ltd.
Pitfield, Milton Keynes, MK11 3LW, UK
UKHW022044170726
13837UKWH00002B/781